DER QUERLESER

Auf derQuerleser.de findest Du:
Zahlreiche verständliche und
detaillierte Lektürehilfen in
Nullkommanichts in digitaler
Version oder als Taschenbuch.

GUILLAUME MUSSO

FRANZÖSISCHER SCHRIFTSTELLER

- **Geboren 1974 in Antibes (Frankreich).**
- **Einige seiner Werke:**
    - *Und dann …* (2004), Roman.
    - *Der Ruf des Engels* (2011), Roman.
    - *Central Park* (2014), Roman.

Der Franzose Guillaume Musso veröffentlichte 2001 im Alter von dreißig Jahren seinen ersten Roman. Der große Erfolg stellte sich jedoch erst drei Jahre später mit *Et après... ein.*, der 2008 verfilmt wurde. Seit 2004 schreibt Musso jährlich einen Roman nach dem anderen. Die französischen Leser reagieren auf jede Veröffentlichung. Im Jahr 2017 verkaufte er über 1,5 Millionen Exemplare seiner Bücher und war damit das siebte Jahr in Folge der meistgelesene Autor Frankreichs.

Er wurde 2012 mit dem Titel Chevalier de l'ordre des Arts et des Lettres ausgezeichnet und ist von den USA fasziniert, wo die meisten seiner Romane spielen. Diese sind vor allem dafür bekannt, eine Liebesgeschichte mit einer wendungsreichen Ermittlung zu verbinden. Seit 2011 und *L'Appel de l'ange* sind seine Texte eher dem Genre Krimi zuzuordnen, weshalb er von dem französischen Journalisten und Schriftsteller Bernard Thomasson als „König der Spannung" bezeichnet wurde.

DAS MÄDCHEN UND DIE NACHT

EIN ATEMBERAUBENDER THRILLER

- **Genre**: Kriminalroman

- **Referenzausgabe**: *La Jeune Fille et la nuit (Das junge Mädchen und die Nacht)*, Paris, Calmann Levy, 2018, 424 S.

- **1. Auflage**: 2018

- **Themen**: Freundschaft, Liebe, Familie, Mord, Rache, Lüge

Für Thomas Degalais wird die 50-Jahr-Feier seiner alten Schule zu einem Albtraum. Vor fünfundzwanzig Jahren hatte er mithilfe seines Freundes Maxime eine Leiche in die Wand der Turnhalle eingemauert. Die gleiche Turnhalle soll nun abgerissen werden, und ihr Geheimnis droht jeden Moment ans Licht zu kommen...

Mit *Das Mädchen und die Nacht* verankert sich Musso wirklich im Genre des Kriminalromans. Bis zur letzten Seite häufen sich die Dramen und geschickt konstruierten Wendungen, die den Leser in Atem halten. Davon zeugt auch der populäre Erfolg, den der Roman im Sommer 2018 hatte: Zwischen April und August 2018 wurden in Frankreich mehr als 500.000 Exemplare verkauft.

Dieser literarische Kurswechsel entspricht dem Wunsch des Autors, „aus seiner Komfortzone herauszukommen". Es ist außerdem der erste Roman, den er für den Verlag Calmann-Lévy veröffentlicht, nachdem er seinen Verleger XO Éditions verlassen hatte.

ZUSAMMENFASSUNG

EIN SCHRECKLICHES GEHEIMNIS

Frühling 2017. Thomas Degalais kehrt in seine südfranzösische Heimatstadt zurück, um an der Feier zum 50-jährigen Jubiläum seines Gymnasiums teilzunehmen. Zu diesem Anlass soll die Turnhalle abgerissen und durch ein neues Gebäude ersetzt werden, das von mysteriösen Investoren finanziert wird. Thomas ist besorgt: Die Turnhalle birgt ein Geheimnis, das er vor fünfundzwanzig Jahren verheimlicht hat...

Thomas sitzt in einem Café, als ein Unbekannter ihn anrempelt und seine Hose bespritzt. Als er von der Toilette zurückkommt, ist die Zeitung, die er gelesen hat, nun mit dem Wort „Rache" durchgestrichen und mit einer Sonnenbrille versehen, die derjenigen gleicht, die Vinca besaß, das Mädchen, in das er als Teenager verliebt war und das vor 25 Jahren verschwunden ist. Niemand weiß, was aus ihr geworden ist, aber viele glauben, dass sie mit ihrem Philosophielehrer, mit dem sie – Gerüchten zufolge – eine Affäre hatte, von zu Hause weggelaufen ist.

Am nächsten Tag findet eine Cocktailparty für ehemalige Schüler statt. Thomas ist besorgt, dass sein Geheimnis gelüftet werden könnte, und so trifft er einige seiner Klassenkameraden: Fanny, seine ehemalige Freundin, die gerne fotografiert, Maxime, der früher neben ihm wohnte, und Stéphane Pianelli, ein Journalist von Nice-Matin. Letzterer offenbart ihm, dass es einen Monat zuvor nach Überschwemmungen im Keller des Gymnasiums zu einer überraschenden Entdeckung gekommen war: In einem alten Spind, der seit zwanzig Jahren eingelagert war, befanden sich 100 000 Francs, die in einem Lederbeutel versteckt waren, in dem Vincas Fingerabdrücke gefunden wurden. Für Stéphane ist dieser Fund der Beweis, dass Vinca nicht weggelaufen ist (sonst hätte sie das Geld mitgenommen), sondern von ihrem Liebhaber ermordet wurde.

Thomas zeigt Maxime die Zeitung und die Brille. Sein Freund gesteht, dass er ebenfalls Drohungen erhalten hat. Die beiden teilen ein schreckliches Geheimnis: Im Dezember 1992 haben sie als Schüler einen Mann getötet und seine Leiche in die Wand der im Bau befindlichen Sporthalle eingemauert.

Eine Rückblende enthüllt die Umstände des Mordes. Im Jahr 1992 entdeckte Thomas, der zum Lernen im Internat geblieben war, in einem Buch, das Vinca gehört hatte, flammende Briefe. Sie sind mit „Alexis", dem Vornamen des 27-jährigen attraktiven Philosophieprofessors, unterzeichnet. Diese Briefe bestätigen ihm das Gerücht und machen ihn verrückt vor Schmerz. Seine Freundin ruft ihn an und bittet ihn, sie zu sehen, da es ihr nicht gut geht. Thomas verflucht seine Schwäche und seinen Mangel an Selbstliebe" (S. 92) und geht in das Zimmer des Mädchens. Vinca liegt in ihrem Bett und ist sehr geschwächt und fiebrig. Sie gesteht, dass sie schwanger ist und von Alexis zum Geschlechtsverkehr gezwungen wurde.

Von Wut getrieben vertraut Thomas Vinca seiner Freundin Fanny an, bevor er sich mit einer Eisenstange bewaffnet in die Gemächer des Professors begibt. Als „Gefangener in einem Räderwerk" (S. 99) greift der junge Mann Alexis an. Nach einem Moment des Zögerns des Angreifers versucht der Professor, sich zu verteidigen. Dann kommt Maxime mit einem Messer und führt den tödlichen Schlag aus. Die beiden jungen Männer sind geschockt und wissen nicht, was sie tun sollen. Maxime beschließt, seinen Vater Francis, einen Bauarbeiter, zu warnen, der mit seinem Kollegen Ahmed in der Schule auf der Baustelle für die neue Sporthalle war. Um seinen Sohn und seinen Freund zu schützen, beschließt Francis, die Leiche in die Mauer der im Bau befindlichen Turnhalle einzumauern.

BEUNRUHIGENDE ENTHÜLLUNGEN

Da die Turnhalle demnächst abgerissen werden soll, wird ihr Geheimnis aufgedeckt. Während Francis und Ahmed inzwischen tot sind (bzw. an den Folgen eines schiefgelaufenen Einbruchs und einer langen Krankheit leiden), stehen Maxime und Thomas in großer Gefahr. Um Maxime und ihr Familienleben zu schützen, ist Thomas bereit, die volle Verantwortung für das Verbrechen zu übernehmen. Die beiden Männer sind überzeugt, dass noch jemand anderes weiß, was an jenem schicksalhaften Tag im Dezember 1992 passiert ist, aber sie wissen nicht, wer es ist.

Bereits am Tag nach dem Mord wollte Thomas sich selbst anzeigen, hatte es sich dann aber anders überlegt, um seine Komplizen zu schützen. In der Schule schienen alle zu glauben, dass Alexis mit Vinca durchgebrannt war, auch die Polizei. Tatsächlich stimmten Zeugenaussagen überein: Ein rothaariges Mädchen, das Vincas Beschreibung entsprach, wurde in einem Zug nach Paris und anschließend in einem Hotel mit einem Mann gesehen, der Alexis ähnelte. Diese Flucht aus Liebe wurde daraufhin zur offiziellen Version. Thomas, der natürlich die Wahrheit kennt, glaubt jedoch, dass Vinca mit jemand anderem durchgebrannt ist. Von Schuldgefühlen geplagt, will er herausfinden, ob Vincas Verschwinden am Tag nach Alexis' Ermordung mit diesem in Verbindung steht und ob er dafür verantwortlich ist.

Der erste Schritt seiner Ermittlungen führt ihn in die Bibliothek der Schule, wo er nach dem Buch *Das Mädchen und der Tod* sucht, das 15 Jahre zuvor von Stéphane Piannelli geschrieben wurde, der das Verschwinden bereits untersucht hatte, ohne nennenswerte Entdeckungen zu machen. Thomas ist davon überzeugt, dass Stéphane ihm helfen kann, und schlägt ihm vor, gemeinsam an der Aufklärung von Vincas Verschwinden zu arbeiten.

Als Thomas zu seinem Auto zurückkehrt, entdeckt er einen anonymen Umschlag auf der Windschutzscheibe. Er enthält Fotos von seinem Vater, Richard Degalais, dem ehemaligen Direktor der Schule, wie er Vinca küsst. Da Thomas Fannys Leidenschaft für die Fotografie kennt, ahnt er, dass seine ehemalige Freundin die Urheberin der Bilder ist. Die junge Frau gesteht, dass sie die Bilder gemacht hat, um Vinca in Thomas' Augen zu diskreditieren, weil sie in ihn verliebt war. Sie informiert ihren Freund auch darüber, dass sie ebenfalls Drohbriefe erhalten hat, weil sie von einer Leiche in der Wand der Turnhalle weiß, da Ahmed ihr das Verbrechen kurz vor seinem Tod gestanden hatte. Thomas konfrontiert daraufhin seinen Vater, weil er glaubt, dass er etwas mit Vincas Verschwinden zu tun hat. Doch Richard streitet alles ab: Er gesteht nur, dass er dem Mädchen das Geld gegeben hat, weil sie ihn erpresst hat.

Thomas kehrt daraufhin in die Schule zurück und findet das Buch, das er vor 25 Jahren entdeckt hat und in dem Alexis' Liebesbriefe an Vinca enthalten waren. Er stellt fest, dass die Schrift nicht dieselbe ist wie auf seinen Kopien aus dem Philosophieunterricht, die Alexis mit Anmerkungen versehen hatte. Ihm wird klar, dass Vincas Liebhaber zwar Alexis hieß, aber nicht der Philosophieprofessor war und folglich einen Unschuldigen getötet hat.

SERIENMORDE

Bei der Durchsicht des Schularchivs entdeckte Thomas auch ein Foto, auf dem Fanny (mit roter Perücke) mit Vinca während einer Theateraufführung zu sehen war. Die Ähnlichkeit der beiden Mädchen ist verblüffend. Thomas versucht daraufhin, Fanny zu sehen, trifft aber zunächst auf ihren Lebensgefährten, der ihm mitteilt, dass die junge Frau schon immer in ihn verliebt war. Thomas stellt seine ehemalige Freundin zur Rede und erfährt, dass in Wahrheit zwei Leichen eingemauert sind: Die zweite ist die von Vinca, die sie selbst vor fünfundzwanzig Jahren getötet hat.

Während Thomas die fiebernde Vinca in Fannys Händen gelassen hatte, hatte Fanny, von Eifersucht getrieben, eine Tasse Tee zubereitet, in die sie einige Rohypnol-Tabletten gesteckt hatte. Als Fanny einige Stunden später in Vincas Zimmer zurückkehrte, stellte sie fest, dass die junge Frau den Tee getrunken hatte und nicht mehr atmete. Unter Schock fällt sie in Ohnmacht und wacht im Büro der Schulleiterin Annabelle Degalais, der Mutter von Thomas, auf. Diese teilt ihr mit, dass sie zwei Möglichkeiten hat: den Mord zu gestehen und ihr Leben zu ruinieren oder ihre Hilfe beim Verbergen der Leiche anzunehmen. Sie nimmt an und Francis mauert Vincas Leiche neben Alexis' ein. Annabelle setzt sich Alexis' Mütze auf und fährt mit Fanny, die eine rote Perücke trägt, mit dem Zug nach Paris: Sie sind die beiden, die von den Zeugen für Alexis und Vinca gehalten werden, was die These von der Flucht vor der Liebe bestätigt.

Die wenigen Tabletten, die Fanny in den Tee geschoben hatte, stellten jedoch keine tödliche Dosis dar. Die Wahrheit wird von Maxime entdeckt, der erfahren hat, dass Vinca (nachdem Fanny gegangen war) versucht hatte, Annabelle zu erpressen, indem sie behauptete, von Richard schwanger zu sein. Annabelle war wütend und konnte sich nicht vorstellen, dass ihr Familienleben durch das Mädchen zerstört werden würde. Sie hatte daraufhin eine Nachbildung einer Statue an sich genommen und sie auf Vincas Schädel eingeschlagen, die auf der Stelle tot war. Francis, Annabelles Liebhaber, brachte die Leiche in Annabelles Zimmer, wo sie von Fanny entdeckt wurde. Da Fanny glaubte, Vinca getötet zu haben, nutzten die Liebenden die Gelegenheit und ließen sie glauben, dass sie wirklich schuldig sei, bevor sie die Leiche einmauerten.

Während der Schulfeier wird Maxime jedoch von einem Unbekannten gestoßen und stürzt acht Meter in die Tiefe. Während sein Freund im Krankenhaus zwischen Leben und Tod schwebt, fährt Thomas zu Francis' altem Haus, wo er seine Affäre mit Annabelle aufdeckt und erfährt, dass er ihr richtiger Vater ist. Dann erhält er einen Anruf von der Polizei: Seine Mutter wurde gerade tot am Cap d'Antibes aufgefunden, erschlagen mit einem Gewehrkolben, und sein Vater beschuldigt sich selbst des Mordes.

EIN TRAGISCHER EPILOG

Am nächsten Tag trifft Thomas Corentin, Stéphanes Praktikanten, der die Finanzierung der Arbeiten an der Sporthalle untersucht hat: Er erfährt, dass die Hutchinson & DeVille-Stiftung dahintersteckt. Thomas versteht nun, dass Vinca Frauen liebte und dass ihr Geliebter der Professor für englische Literatur, Alexis DeVille, war. Sie will Vincas Mord rächen, indem sie alle Beteiligten umbringt.

Thomas kehrt nach Cap d'Antibes zurück und sieht sich Alexis gegenüber. Sie gesteht, dass sie von Ahmed, den sie mit Geld bestochen hat, von dem Doppelmord erfahren hat. Sie habe Vinca wahnsinnig geliebt und sie dazu gebracht, mit Richard zu schlafen, um ein Kind von ihr zu bekommen. Thomas beschuldigt sie daraufhin, den Teenager pervertiert zu haben, indem sie ihn unter anderem medikamentenabhängig gemacht habe. Alexis befiehlt ihrem Hund, Thomas anzugreifen, doch dann fallen Schüsse: Richard hat gerade den Hund und Alexis erschossen und damit das Leben seines Sohnes gerettet.

Stéphane beschließt daraufhin, die Wahrheit ans Licht zu bringen, auch wenn er dafür seine alten Freunde ins Gefängnis bringen muss. Bei seinen weiteren Recherchen stößt er auf einen Artikel aus dem Jahr 1997, in dem von Vandalismus in der Turnhalle die Rede ist: Es war eine von Annabelle und Francis inszenierte Vertuschung, die es ihnen ermöglichte, die Leichen zu evakuieren.

Da ihn das Verschwinden der Leichen zwanzig Jahre zuvor vor einer Gefängnisstrafe bewahrt, beschließt Thomas, einen Roman zu schreiben, der auf den Tatsachen beruht, in dem Vinca jedoch nur knapp überlebt und verschwindet, um anderswo ein neues Leben zu beginnen. „Irgendwo also lebte Vinca" (S. 423).

UNTERSUCHUNG DER CHARAKTERE

THOMAS DEGALAIS

Thomas Degalais, der Haupterzähler des Romans, ist seit dem Jahr 2000 Schriftsteller. Er lebt seit dem Jahr 2000 in den USA und kehrt anlässlich des 50-jährigen Jubiläums seiner Schule nach Frankreich zurück, obwohl er eine Abneigung gegen diese Art von Treffen hat. Er war schon immer ein großer Einzelgänger ohne echte soziale Bindungen („Du hattest keine Freunde, Thomas. Deine einzigen Freunde waren die Bücher", S. 183). Er war von Natur aus sehr unruhig, doch Bücher beruhigten ihn. Als Teenager trug er den Look eines „Klassenbesten, BCBG, sauber, mit seiner schönen Flanelljacke und seinem hellblauen Hemd" (S. 55), den er auch als Erwachsener beibehielt. Er absolvierte eine wissenschaftliche Ausbildung, die er nicht mochte, um seinen Eltern zu gefallen, von denen er sich inzwischen erheblich entfernt hatte – so sehr, dass seine Mutter ihm verschwieg, dass sie einige Monate zuvor einen Herzinfarkt erlitten hatte. Damals betrachtete er Maxime als seinen Bruder und Francis als seinen Vater, da er ihm näher stand als Richard: Daher war er nicht überrascht, als er herausfand, dass Francis sein biologischer Vater und der Liebhaber seiner Mutter war.

Während des gesamten Romans zeigt Thomas eine gewisse Entschlossenheit und großen Mut, insbesondere wenn er Alexis mit seinen Morden konfrontiert. Dieser Mut, der für eine von Natur aus ängstliche Persönlichkeit überraschend ist, wird von der Liebe inspiriert, die er für Vinca empfand – und auch 25 Jahre später noch empfindet. Seit seinen Teenagerjahren hatte er nie wieder so etwas für eine Frau empfunden.

VINCA ROCKWELL

Vinca ist ein komplexes junges Mädchen, das der Leser nur durch die Erinnerungen der Protagonisten kennenlernt. Sie war „das Mädchen, in das alle Jungen verliebt waren" (S. 32), „untypisch, kultiviert, lebhaft und spritzig, mit rotem Haar, blauen Augen und feinen Gesichtszügen" (S. 83-84). Sie stammte aus der amerikanischen Bourgeoisie, war die Tochter einer französischen Schauspielerin und eines amerikanischen Formel-1-Fahrers, aber seit 1989 eine Waise. Für Thomas gehörte sie zur „Herrenrasse" (S. 159), d. h. „zu den Leuten, die im Leben immer die Hauptrolle spielten und die einen, wenn man mit ihnen zusammen war, direkt zum Statisten degradierten" (S. 159). Diese magnetische Persönlichkeit faszinierte bis weit über ihren Tod hinaus: Nicht nur, dass das Mädchen die Gemüter erhitzte, als ihre ehemaligen Mitschüler glaubten, sie sei mit ihrem Lehrer von zu Hause weggelaufen, auch im Jahr 2017 verehren Schülerinnen der Highschool Vinca noch immer, indem sie ein von ihren letzten Tagen inspiriertes Musical aufführen und Kommunikationsabende in ihrem ehemaligen Zimmer im Internat veranstalten. Vinca hatte jedoch auch eine dunklere Seite. An einem Tag „strahlend", wirkte sie am nächsten „niedergeschlagen oder bekifft" (S. 233). Da sie aufgrund von Alexis' schlechtem Einfluss medikamentenabhängig war, versuchte sie auch, sehr anzügliche Fotografien zu machen, um das Ehepaar Degalais zu erpressen.

MAXIME BIANCARDINI

Maxime ist der Sohn von Francis, einem Maurerunternehmer, und hat sich schon immer mehr für Blockbuster als für Literatur interessiert. Er hat ein attraktives Äußeres, „wohlgeformter Oberkörper, langes Surferhaar, Rip Curl-Unterhose, Vans ohne Schnürsenkel" (S. 73) und ist seit seiner Kindheit mit Thomas befreundet, da sie Nachbarn sind, aber die beiden entfremden sich, als Thomas in die USA zieht. Er bleibt ihm jedoch treu und bewahrt 25 Jahre lang sein Geheimnis.

Der homosexuelle Maxime ist Familienvater und hat mit seinem Lebensgefährten Olivier zwei Töchter, die von einer Leihmutter geboren wurden. Er bewirbt sich auch um ein Abgeordnetenmandat für die Partei La République en marche des Präsidenten Emmanuel Macron.

STÉPHANE PIANELLI

Stéphane ist Journalist bei Nice-Matin, Mitglied der Partei La France insoumise und politisch engagiert. „Lange Haare, Musketierbart, runde Brille à la John

Lennon", der junge Mann hat seine gesamte Schulzeit in der gleichen Klasse wie Thomas verbracht. Er lässt sich von niemandem beeindrucken und zeigt sich entschlossen in seinem Willen, Nachforschungen anzustellen, aber vor allem, sich einen Namen im investigativen Journalismus zu machen. Sein Ehrgeiz treibt ihn dazu, ein Buch schreiben zu wollen, das seine ehemaligen Freunde Thomas, Maxime und Fanny direkt ins Gefängnis bringen würde: Dieser Plan zerschlägt sich jedoch, als er feststellt, dass die Leichen seit zwanzig Jahren nicht mehr in der Turnhalle liegen.

FANNY BRAHIMI

Die ehemalige Freundin von Thomas ist eine leidenschaftliche Fotografin, hat Medizin studiert und praktiziert nun als Kardiologin. Als Teenager trug sie einen *„Grunge-Look"* (S. 51), doch die „kleine Blonde mit den hellen Augen und den kurzen Haaren" (S. 50) wurde als Erwachsene ruhiger.

Sie ist seit ihrer Teenagerzeit in Thomas verliebt und hat nie aufgehört, ihn zu lieben. Diese einseitige Liebe hat sie zu fragwürdigen Handlungen verleitet: Als Teenager hatte sie „angefangen, links und rechts zu schlafen, ohne sich an jemanden zu binden" (S. 52), um ihr gebrochenes Herz zu heilen; sie verübte auch einen Anschlag auf Vincas Leben, indem sie Medikamente in ihren Tee mischte; als Erwachsene begann sie eine ernsthafte Beziehung mit Thierry, ohne Gefühle für ihn zu haben.

ANNABELLE DEGALAIS

Annabelle, Mutter von Thomas und ehemalige Direktorin des Saint-Exupéry-Gymnasiums, ist in erster Linie eine Familienmutter, die alles tun würde, um das Gleichgewicht ihres Familienlebens zu schützen: Aus diesem Grund tötet diese scheinbar einfache und unauffällige Frau Vinca kaltblütig und überzeugt die junge Fanny, dass sie für den Mord verantwortlich ist. Um Thomas zu schützen (und das trotz ihrer angespannten und entfremdeten Beziehung), findet sie Alexis DeVille, selbst wenn sie ihn dafür mit ihrem Leben bezahlen muss. Als Francis' lebenslange Geliebte hat sie über vier Jahrzehnte lang die Tatsache verschwiegen, dass er Thomas' biologischer Vater ist. Dennoch kann sie nicht anders, als eine fast mütterliche Zärtlichkeit für den Sohn ihres Geliebten und dessen Kinder zu empfinden, indem sie in deren Gegenwart fast wie eine Großmutter handelt.

RICHARD DEGALAIS

Von Anfang an wird Richard als unsympathischer Mensch dargestellt, der in der Lage ist, mit einem Teenager zu schlafen, nur weil sie versucht, ihn zu verführen: „Diese kleine Schlampe schwirrte ständig um mich herum. Sie hat mich angemacht und ich bin durchgedreht" (S. 192-193). Richard ist jedoch auch seiner Familie gegenüber loyal und zögert nicht, sich für Thomas einzusetzen. Trotz seiner Affären bleibt er seiner Frau treu und wird wahnsinnig vor Schmerz, als er ihre Leiche am Cap d'Antibes findet.

SCHLÜSSEL ZUM LESEN

DAS GENRE THRILLER/KRIMINALROMAN

Merkmale

Mit *La Jeune fille et la nuit* bestätigt Guillaume Musso seinen Status als Thrillerautor: Für Cassandre Dupuis, Literaturkritikerin der Zeitung Le Figaro, ist er zu einem „Meister der Spannung" geworden. Das ist keine leichte Aufgabe: Tatsächlich ist der Thriller ein literarisches Genre, in dem es schwierig ist, sich zu erneuern und abzuheben, da es seit Jahrzehnten in der Literatur, aber auch im Kino und in anderen künstlerischen und kulturellen Medien allgegenwärtig ist.

Der Thriller ist ein Kunstgenre, das sich auf die Spannung und den Spannungsbogen stützt, die sich immer weiter steigern und den Leser dazu bringen, weiterzulesen, um mehr zu erfahren und so schnell wie möglich das Ende zu erleben. Zunächst wird angenommen, dass Vinca mit ihrem Lehrer und Liebhaber weggelaufen ist, dann wird ihr Tod durch Fanny bekannt, und schließlich stellt sich heraus, dass Annabelle die wahre Täterin ist.

Das Genre des Thrillers unterteilt sich in zahlreiche Untergenres, darunter auch der Kriminalroman, der sich durch sechs Elemente auszeichnet, die alle in *Das Mädchen und die Nacht* vorkommen:

- Das Verbrechen (Vincas Verschwinden) ;

- Das Motiv (Annabelles Wunsch, ihre Familie vor der jungen Erpresserin zu schützen) ;

- Der Täter (Annabelle) und das Opfer (Vinca) ;

- Die Vorgehensweise (eine zerschmetterte Statue auf dem Schädel des Mädchens) ;

- Die Ermittlungen (die Thomas während des größten Teils des Romans durchführt).

Wie in traditionellen Kriminalromanen klärt sich die anfangs scheinbar nebulöse Untersuchung im Laufe der Seiten immer mehr auf. Der Leser wird dazu angehalten, seine eigenen Vermutungen anzustellen und falschen Spuren zu glauben (z. B. dass Fanny für Vincas Tod verantwortlich ist), bevor er die Wahrheit erfährt, die häufig überraschend und schockierend ist. Die Wendungen führen dazu, dass er nicht von der Lektüre ablässt, um zur Auflösung der Untersuchung zu gelangen. Die Zeitung Le Soir sprach in Bezug auf den Roman von einem „page-turner" (wörtlich „Seitenwechsler"): Dieser englischsprachige Ausdruck wird häufig verwendet, um ein Buch mit atemloser Spannung zu beschreiben, bei dem es schwer ist, die Lektüre zu unterbrechen, bevor man weiß, wie es ausgeht.

Mussos Originalität drückt sich in der Vielzahl der Verbrechen aus: das ursprüngliche Verbrechen, d. h. der Mord an Alexis durch Thomas und Maxime; das zweite Verbrechen, der Tod von Vinca; die Verbrechen von Alexis, der Francis und Annabelle beseitigt hat und

Maxime aus Liebesrache nach dem Leben trachtet. Traditionell konzentriert sich der Kriminalroman auf ein einziges Rätsel, das es zu lösen gilt. Die verschiedenen Handlungsstränge in La Jeune fille et la nuit greifen jedoch nahtlos ineinander: Der Mord an Vinca ist der Grund für Alexis' mörderischen Rachefeldzug.

Ein Paradigma der Paraliteratur

Der Kriminalroman wird dennoch als Volksliteratur betrachtet, die sich an ein Publikum richtet, das sich dilettantisch mit Literatur beschäftigt (im Gegensatz zu einer gebildeten Elite, die selektiver liest), da jedes Jahr Millionen von Büchern verkauft werden. In diesem Sinne gehört diese Literaturgattung zur Paraliteratur.

Der Theoretiker Marc Angenot definiert Paraliteratur als „einen weiten Bereich der Druckproduktion, der aus der Welt der Kultur ausgeschlossen ist [...], eine heterogene Masse von Objekten [...], die nichts anderes gemeinsam zu haben scheinen als ihre angebliche Abwesenheit von ästhetischem Wert" (Marc Angenot, *Qu'est-ce que la paralittérature*, auf www.erudit.org). In dieser Hinsicht wurde der Kriminalroman von Literaturkritikern oft verunglimpft, da sie in ihm keinen besonderen ästhetischen Wert sahen und ihn daher für unwürdig hielten. Dies zeigt sich (zumindest bis vor Kurzem) darin, dass es keine umfassenden literaturwissenschaftlichen Studien zu diesem Thema gibt.

Dennoch hat sich der Kriminalroman (und im weiteren Sinne das Genre des Thrillers – filmisch oder literarisch) im Laufe der Jahrzehnte seinen Adelsbrief verdient und ist heute ein unumgängliches Genre in den Buchhandlungen, wo ihm ganze Abteilungen gewidmet sind. Auch im Kino und im Fernsehen gibt es immer mehr Krimifilme und -serien, die sich eines ungebrochenen Erfolgs erfreuen.

EIN BESONDERER ERZÄHLSTIL: DIE DOPPELTE CHRONOLOGIE

Während die Handlung von *La Jeune fille et la nuit* hauptsächlich im Mai 2017 spielt, berichten ganze Kapitel von den Ereignissen im Dezember 1992. In beiden Fällen bleibt der Fokus auf Thomas gerichtet, der der Erzähler in der ersten Person Singular bleibt. Es gibt jedoch vier bemerkenswerte Ausnahmen durch Einschübe am Ende einiger Kapitel, die Schlüsselelemente der Handlung offenbaren: Zwei Unterkapitel werden direkt von Annabelle (die von Vincas Mord sowie von Alexis DeVilles Drohungen berichtet), Fanny (die von ihrem „Mord" an Vinca berichtet) und Richard (der den Moment beschreibt, als er nach Annabelles Verschwinden einen Brief von ihr erhält, der ihn dazu bringt, Thomas zu beschützen und – schließlich – ihn aus Alexis' Klauen zu retten) erzählt.

Wo die meisten Romane sich auf einen einzigen Fokus während der gesamten Handlung konzentrieren, bietet *Das Mädchen und die Nacht* daher vier Intermezzi, die den Roman bereichern, indem sie andere Erzählperspektiven ermöglichen.

Besonders interessant sind die Passagen, die von Thomas' Eltern erzählt werden: Während sie während des größten Teils des Romans durch die Brille ihres Sohnes gesehen werden, der seit vielen Jahren distanziert ist, kann man in diesen Passagen entdecken, dass beide Eltern in Wahrheit jedes Opfer für ihn bringen würden (den Tod für Annabelle und das Gefängnis für Richard). Außerdem werden ihre Persönlichkeiten zu Beginn des Romans nicht wirklich vertieft: Thomas stellt vor allem die Generationenkluft in den Vordergrund, die seit seiner Jugend durch die Eltern vertieft wurde, die ihn zu einem Studium drängten, das er nicht mochte; die Erzählung in der ersten Person ermöglicht ein ehrliches Eintauchen in ihre Gefühle.

Die Erzählung aus Fannys Perspektive ist ebenfalls bedeutsam: Sie liefert eine erste Antwort auf das Geheimnis, das Thomas zu entschlüsseln versucht (auch wenn sich diese im weiteren Verlauf der Ereignisse als falsch erweisen wird).

Die doppelte Erzählung 1992/2017 trägt zur Dynamisierung der Erzählung bei, indem sie den traditionellen linearen Charakter des Kriminalromans durchbricht. Außerdem werden die Einschübe im Präsens erzählt, als würde der Protagonist seine Erinnerungen direkt jemandem erzählen (und im Fall von Fanny Thomas, den sie direkt anspricht). Umgekehrt werden die von Thomas erzählten Rückblenden aus dem Jahr 1992 in der Vergangenheit erzählt, ebenso wie die Erzählung aus dem Jahr 2017. Diese Rückblenden tragen viel zur Erzählung bei, da sie einen direkten Zugang zur Lösung des Rätsels ermöglichen, im Gegensatz zu manchen Romanen, in denen die Auflösung einfach durch Dialoge oder eine lange Beschreibung erklärt wird.

DAS THEMA LIEBESBEZIEHUNG: THOMAS UND VINCA

Bis zur Veröffentlichung von *Das Mädchen und die Nacht war* Guillaume Musso dafür bekannt, in seinen Werken Mystery und Romantik zu mehr oder weniger gleichen Teilen zu vereinen. Der neue Roman markiert einen Wendepunkt in den Themen, die der Autor anspricht, und die Liebesgeschichte verschwindet aus dem Vordergrund.

Es gibt jedoch eine Liebesgeschichte, die sich durch die Ermittlungen zieht: die Beziehung zwischen Vinca und Thomas. Diese komplexe Geschichte scheint einseitig zu sein: Die Protagonisten sind sich einig, dass Thomas unsterblich in Vinca verliebt war, aber das Mädchen hat – so scheint es – nie gegenseitige Gefühle empfunden. Obwohl die Persönlichkeiten der beiden Teenager gegensätzlich sind (Thomas ist ein großer Einzelgänger, während Vinca eine sonnige Persönlichkeit hat, die viele Menschen anzieht), finden sie sich in ihrer gemeinsamen Liebe zur Literatur wieder und führen intensive Gespräche darüber.

Fanny und Annabelle haben mehrfach darauf hingewiesen, dass Thomas von Vinca besessen war und nichts anderes mehr für ihn zählte. Zur Verzweiflung seiner Mutter litten sogar seine schulischen Leistungen

darunter. Als Erwachsener und Schriftsteller veröffentlicht Thomas Romane, in denen - in Stéphanes Augen -
Vinca allgegenwärtig ist. Er ist auch bereit, sein Leben
zu riskieren, um herauszufinden, was mit dem Mädchen
passiert ist, denn er scheint ein starkes Bedürfnis zu
haben, das Rätsel zu lösen.

Im Gegensatz dazu hat Vinca abgesehen von ihrer
Leidenschaft für Literatur kein Interesse an Thomas: Sie
ruft ihn nur an, wenn sie ihn braucht, und zögert nicht
- für Geld - die Familie ihres Freundes in Gefahr zu bringen, indem sie mit seinem Vater schläft und dann seine
Eltern bedroht.

Mit den Charakteren von Thomas und Vinca berührt
Musso die Thematik der unerwiderten Liebe und die
manchmal dramatischen Auswirkungen, die sie haben
kann.

DENKANSTÖSSE

EINIGE FRAGEN, UM IHRE ÜBERLEGUNGEN ZU VERTIEFEN...

- Welche Wendung der Ereignisse hat Sie am meisten überrascht? Aus welchem Grund/welchen Gründen?

- Fanny enthüllt, dass sie seit ihrer Jugend in Thomas verliebt war: Hatten Sie im Vorfeld irgendwelche Hinweise entdeckt? Wenn ja, welche?

- Auf Seite 161 fragt sich Thomas: „Ist Vinca ein Opfer oder eine teuflische Manipulatorin?". Welche Antwort würden Sie auf diese Frage geben?

- Ausgehend von Ihrer eigenen Lektüre anderer Romane von Guillaume Musso: Inwiefern unterscheidet sich *La Jeune fille et la nuit* von früheren Romanen des Autors?

- Wem von den ehemaligen Schulfreunden (Thomas, Maxime, Stéphane und Fanny) fühlen Sie sich am nächsten? Warum?

- Verstehen Sie Thomas' Besessenheit von Vinca?

- Lässt Sie die Beziehung zwischen Thomas und Vinca an eine andere Beziehung denken (in Literatur, Film oder einem anderen künstlerischen Medium)?

- Glauben Sie, dass diese komplexe Handlung für Film oder Fernsehen adaptiert werden könnte? Was wären mögliche Schwierigkeiten?

WEITERFÜHRENDE INFORMATIONEN

REFERENZAUSGABE

La Jeune Fille et la nuit (Das junge Mädchen und die Nacht), Paris, Calmann Levy, 2018, 424 S.

REFERENZSTUDIEN

Guillaume Musso führt im siebten Jahr die Romanverkäufe in Frankreich an, France TV Info, https://culturebox.francetvinfo.fr/livres/guillaume-musso-en-tete-des-ventes-de-romans-en-france-pour-la-septieme-annee-268137, 18. Januar 2018.

GARY N., *Star des Sommers, Guillaume Musso hat seit Januar 1,2 Millionen Leser*, ActuaLitté, https://www.actualitte.com/article/monde-edition/star-de-l-ete-guillaume-musso-compte-1-2-million-de-lecteurs-depuis-janvier/90547, am 22. August 2018.

Deine Meinung ist uns wichtig!
Hinterlasse doch einen Kommentar auf der Seite
unserer Online-Buchhandlung
und teile Deine Favoriten in den sozialen Netzwerken!

derQuerleser.de
Literatur auf den Punkt gebracht!

ISBN digitale Ausgabe: 9782808686921
ISBN gedruckte Ausgabe: 9782808698320
Pflichtexemplar: D/2023/12603/1112

Cover: © Plurilingua
Logo: © Graphicrepublic (Freepik.com) und Plurilingua

Digitale Aufbereitung: Primento, der digitale Partner der Herausgeber.